그리다

신진기 시집

시인의 말

나는 요 근래에 아름다움에 대해 생각했습니다.
인스타그램 혹은 인터넷카페 등에서 경치 좋은 산의 전망대나 분위기 좋은 카페에서 찍은 사진 등에 이 땅의 아름다움을 드러내는 이미지들이 많습니다. 하지만 아직 생계의 굴레를 벗어나지 못 하는 나는 여유로움이 허용되지 않아 고민을 했습니다. 그 고민은 내 생각을 바꿈으로써 나는 다시 앞으로 나아갈 수 있었습니다. 즉 눈 앞의 풍경과 나랑 가까운 곳에서 글감을 찾아 쓴 작품 100편을 선정했습니다.

시집「그리다」의 편집과 제작에 도움을 주신 김락호 이사장님과 출판사 관계자분 그리고 2024년 12기 문예대학 문우님들께 깊은 감사의 인사를 드립니다. 글은 언제나 혼자서 쓰지만 엮어서 세상에 드러내는 일은 혼자서 하기 힘듭니다. 점점 개인적인 시간이 많아지는 요즘 사회에서 외롭지 않게 스스로 발전할 수 있는 기회가 주어짐에 감사드립니다.

시인 신진기

* 목차 *

1. 풍경을 그리다

* 목차 *

* 목차 *

* 목차 *

1. 풍경을 그리다

겨울, 터널 속으로 / 신진기

겨울,
찬 바람 가르며
봉고 지날 때

설경,
수묵 그림 같이
앉은 백호

호구虎口 밑,
백열등 아래
동굴 지나면

거북이 꼬리
사냥하러 간다

아침 풍경 / 신진기

희뿌연 차창 밖에
등교하는 다섯 소년

일거리 찾는 눈동자
봄날 아침 신선한
두리번 두리번

힘겨웠던
아이들과의 여행
그 덕에 기분은 가뿐

그럭저럭
꽃바구니에
녹은 여심

묵은 어깨결림은
지게 받침 같다

풍경화風景話 / 신진기

눈앞에
쌍둥이 마냥
우뚝 솟은
콘크리트 아파트 사이로

노을 진
오렌지색 구름이
하늘과 그라데이션을 이루어

구수한 된장 냄새
저녁거리 찾으러
떨어지는 까치소리에

손가락이 빨라지네

이 스케치가
끝나면

고기나 구워볼까

꽃보라 / 신진기

실선 점선을 가르는
고속도로 달리는 화물차

뒤를 모른 채
냅다 달리는 하얀 네모

모진 먼짓바람에
차창 희뿌여니 번지고

꿈을 꾸듯
시야에서 빙글 돌고
나른한 달리기와
속에서 피는 해안解顔

피크닉 / 신진기

As 아름 as 지구

형형색색
카본 & 주름막
조형물(architecture)

As 둥글 as 지구

둥글게 진을 치고
녹푸른 바람 타고
두둥실 흐르는 비눗방울
까르르 잔망 터진 달음질

해먹 깊숙이 몸 누이고
두 눈 꼭 감으며
비단에 슬리 듯
초여름 살랑이는 바람
뺨에 속삭이다

청송 / 신진기

Go! 조선
여제라 그대로
써 내려간
일연의 유사

내둘러진
기울어진 기와
사라온 이야기 마을

마당에
날아오른 새 한 마리와
이 땅의 정기
키 작은 소나무

끼익끼익
원숭이 울음소리
본청 가는 나무문

문성재 대청마루
모든 바람이
내 곁으로 스러진다

구름 모으기 / 신진기

낙동강 둘러싼
언덕 병풍들 위로

강아지 구름
토끼 구름이
높았다 낮아지는
하늘

하얀 솜뭉치
얼기설기
버무려진 곳곳에

한눈팔다
다시 보니
어느새

그라데이션 하늘은
하얗게 그렇게
뭉뚱그레 하다

LED 조명 / 신진기

가을 창 너머
까만 밤 꿰매진
밝게 흰 글씨와
쉬지 않고 깜빡이는 모양들

부리나케 가는 라이더
쫄래쫄래 킥보드

퇴근 중이거나
출근 중이거나

까만 아스팔트와 하늘,
저 멀리 산 그림자까지
밤 손님 기다리는
엠오티이엘

차가운 빛들 모두
이마에 흐르는 유분처럼
빛이 나고

우중시雨中詩 / 신진기

앙상한 가지
머금은 수채화 고목

무거워진
덩그러니
정자亭子 하나

흥건한 길 위로
군계일학群鷄壹鶴처럼
홀로 섰구나

흐르는 빗물이
아직 차갑지 않은
겨울 머금은
애잔디

스스로 그리는
한 컷

비 갠 후 2023 / 신진기

구름 사이로
영롱히 펼쳐진
투명한 커튼

찬란한 창공
Go Through!

저들끼리 뒤엉킨
안개 구름들 사이로
곧게 뻗은 고속도로

언제 닿을지 모르는
그곳으로

나는
곧장 가야G

수채화 / 신진기

유리 부신 아침햇살
어젯밤 땅을 물들인
투명한 수채화

태양의 붉은 욕심을
삼켜버린
그녀의 키스

바라보는 눈은
날카로운 S라인에
적셔진다

붉게 흐르는
살결
그곳에 젖은
숨결

쉬어가는 주막 / 신진기

어디로 가는지
알 리도 만무하지만

길게도 줄지어 선
개미 역참
널찍한 대지 한 켠

김이 모락모락 나는
만둣집이 정겹다

한바탕 휘저은 심장혈
점저 한 상
거하게 차려 먹고

어제처럼
씻은 듯 깨끗한
비 오는 풍경을
한 평에 앉아
붓을 어찌 잡을까

오와 열 맞춰
돌아오는 말이라도
참 궁상스럽다

여느 휴일의 풍경 / 신진기

하얀 조명
하얀 벽지
새하얀 공기
열정적인 휴일

희미해진
찬 바깥 풍경
여백이 많아
미동도 잊은 커튼잇

조용해진
보일러 소리
더할 나위 따위

한 주간
뻐근하던 어깨
쿠션 위로
왈츠 스커트가 나폴나폴
춤선도 예쁘네

저녁 풍경 / 신진기

백양白陽
눈이 부시도록
붉게 타오르는

흑우黑雨
창밖에 얼룩지는
어두운 눈물자욱

영롱한 커튼처럼
두꺼운 구름 뚫고
아쉬운 옷깃 펄럭이는
적운赤雲

그리고
색 잃을까 별 감싸고
저만치서 저물어 가는
황무黃霧

가을꽃 / 신진기

병풍처럼 늘어선
가을 하늘 너머에
붉게 물든 노을

후텁지게 녹푸르던
아스팔트 위
산등성이 마다
불꽃처럼 팡팡

가을은
노을 진 그대로
신록을 태우며
꽃이 된다

노랑길 / 신진기

예보된
가을비

물 먹은 부채
골든 리브스(Golden Leaves)

수채화 맛깔나게
소복이 노란 카페트
온누리가 금빛 가루

이마에 롤 붙이고
카메라 잔망스레
피킹 중인 노랑이

단풍카펫 / 신진기

비 갠 아침
촉촉한 타이루에
삼삼오오 모여 앉아
이야기꽃 피우네

가을 가고
겨울이 오기 전에
가지에 앉은 무거운 짐
옹기종기 내려앉네

* 동시

추석 / 신진기

송글송글
형 누나 동생들
비단 송편

동글동글
형 누나 동생들
동그랑땡

처마 밑
달빛이 늘어지면
형 누나 동생들과
그림자밟기

설원 / 신진기

어제까지
가을이 머물던
황금빛 초원이던
광야

간밤에 내린
안개 자욱이 가라앉은
설원 눈부시게 하얀
겨울이 왔단다

세월은
물처럼
길 따라
흐른다

수묵화 한 컷 / 신진기

낙동 공원
널찍한 운동장에
정박한 화물차 유리창으로

앙상한 가지
병풍처럼 늘어섰고
칸칸이 어르신 걸터앉을 벤치가
열 맞춰 앉은뱅이

운동장 한쪽 귀에는
무채색한 고동나무 정자에
여백이 많은 풍경에

복잡하고
분주했던 하루
정초 삼일 저녁에
주전부리 삼아
숨을 쉰다

수묵화 어제 그 컷 / 신진기

손을 뻗어
환호하는
나무 사이로

앉은뱅이
줄지어 선
벤치 군락

공원은
흰 공간이 많아
단아한 정자
붉어지는 하늘이
새침해진다

야백餘白이 남濫치는 오후
봄이 피어 올
문지방 너머 볕뜰
그림자 기운다

눈앞 한 컷 / 신진기

까마안 구름
열병식 가로등
몽글한 사진 컷
장면 속으로
빠져든다

하이얀 안개
아침 라디오 리듬에
흥건한 저 빛으로
내달음쳐
나아간다

지나간 잔상과
흐르는 바람과
쫓아오는 미스터리

내달으는 동안

오감 산책 / 신진기

봄옷 입은 아파트
*여름어지고

자박자박 피톤치드
홀연히 적신 아침

흰 외장 벽 사이로
눈빛 잔망스런
흑연무黑烟舞

수줍은 듯
총총 나는 백묵신사
까르르 제르르

여기는
달콤쌉쌀 메타세콰이어
*깨볶내 가득한 키드존
숨 쉬는 둥지

* 여름어지고 : 여름이 되어지고
* 깨볶내 : 깨를 볶는 내음

설경을 그리다 / 신진기

다녀간 차가운 꽃이
을씨년스런 갑옷처럼
흘러내려

촉촉한 듯 질척이며
입안에 피는 살얼음꽃
치닫는 이내

먹으로 적당한 번짐이
수묵한 안개처럼
채색을 감추어

설산의 백호
나빌래는 갈기와
아름드리 늘어진 능선,
짝지어진 쌍봉 사이로

빨려가듯
꾸정물 뒤집어쓴 날

프롤로그 / 신진기

적막한 공원 벤치에
덩그러니 앉아
구름진 하늘을 바라본다

무거운 바위가
목덜미를 끌어당겨
눈빛이 흐려진다

꽃놀음
사랑놀음
그까짓 것
눈이 하늘을 못 쫓는다

무릎을 세우고
허리에는 힘
고개를 들어 눈앞을 보자

텅 빈 운동장과
귀에 허수아비 앉은 정자
일과를 마치고 홀로 남겨진 골대
겨우내 잠들어 있는 풀씨
아이보리색 카페트 텃밭

모든 게 자연

오피스 랜드 / 신진기

장밋빛 두꺼운 룩
제법 넓은 체스판
문 나이트 열려라 참깨
비숍을 타고 오르면
포탈이 열린다

하얀빛과 벽은
이상한 나라에 떨어진
금발머리 알프스 아가씨
왈츠가 흥겹고

어지러운 종이 가루
알파고 중심의 파일론
분주한 드워프들

경고
WARNING WARNING
자기애가 강한 자들이니
함부로 덤비지 말 것

겁내지 말고 조용히
반짝이는 바위 어디쯤 앉아
완성된 패키지템 건네주면
우리는 모험을 시작하자네

사무실 입구 / 신진기

까만 하늘에
반사되는 창
나를 비추니
붉어지는 피부

하얀 창들이
유럽풍의 창가
자태가 곱다

무엇이 들었는지
알 수 없는 가방

빨간 주의문
불꽃을 꺼뜨리는
반짝이 가루

휴게공간 / 신진기

외딴곳
적막한 데

빛 먹인 원탁
하얀 머리 잔디 인형
앉은뱅이 의자

게으른 행인이
박차고 일어나
서성인다

모던한 수전
아치를 기준으로
백색의 가구와
유럽풍 오레오 가전

이슥고 가운데
메탈릭 냉장고와
맞은편 간편식

여기는 카페테리아
한 끼 쉬어가시길

둥지;길잡이 / 신진기

실타래처럼
철골 아스팔트 뭉치의
어느 한 쪽 골목

언덕배기를 올라
샛길로 이어지는
일방통행길

어디즈음엔가
까치 울어대는
택시 기사가 잘 모르는 길에
조그마한 마을이 있다

똑같은 건물 군락 중
뿌리 내린 어딘가
동굴 벽에서
주문을 넣으면 열리는 포탈을 따라

둥지로 향한다

둥지;마이홈-ENTERANCE / 신진기

포탈이 열리면
초인종 소리 혹은
도어락 삐리릭

대기실 긴 의자엔
아기자기 애기상어
엄마 아빠 상어
스탠딩 옷걸이 가득 걸린
거위털 가벼운 패딩

열차를 드르륵
사진이 눈 앞에 가득하고
4인용 사각 식탁
복닥복닥 키친샘에서
물 한 잔 얻어먹고

빨래 널이 너머
빨래하는 폭포수
구르르르 나무떼는
다이닝 룸 흘리면

제법 널찍한 둥지

둥지;마이홈-LIVING ROOM / 신진기

풀잎 패턴의
하늘거리는
커튼 배경

왼쪽 코너부터

허수아비처럼 서 있는 에어컨
거실의 반을 차지하는
집사람 레어템 진회색 소파
장밋빛 융단이 깔린
초딩용 책상과 조립형 의자
빼곡히 늘어선 동화책 꽂이

반대편에 티비라인

고동색 나무 세련된
서랍형 티비 받침 위에
충전 중인 사과노트
얇은 LED TV 그리고 가습기

안방을 지나
욕실을 건너면

돼지 상어 판다
펭귄 외계인 인형
기관차 메트로
소방차 경찰차 인어공주
무질서한 장난감들

널찍하고 두꺼운 거실에
아이들이 가득하다

둥지;마이룸-DESK / 신진기

맨 우측에
가장 높은 탑
잡동사니 아파트

비품 서랍 위에
서류함 그 옆에
무질서한 서류꽂이
휴지와 필통
그리고 책상 쓰레기통

검정 노트북 패드 놀이터에
노트북과 마우스
테이프 소분기
맨 구석에 멀티탭 4구

책상 오른쪽에는
소품 바구니 이고 있는
이너웨어 바벨탑

그리고
책상 아래
트리스타 복사 인쇄기
장엄한 코끼리 발자국

공원;It's raining / 신진기

울고 있는 차창 밖으로
젖은 잔디밭 평온하다
멀리서 들리는 엔진소리
구릉이는 마음속 근심 같다

빨랫줄에 걸린 비닐봉지
끌림과 바람에
꼬리를 떨고 파도가 인다

사람과 살지만
맞아야 하는 모래바람
매섭기는 매한가지

아직 비 구경할
한 평이 있을 때
낙엽이라도 덮어두자

정비소;Fitting Room / 신진기

심장에
삼겹살 기름 바른지
꽤 지났건만

애마는
쇳소리 허그대며
숨소리만 거칠다

우리 여물 담당
노쇠한 마군
결국 관절이 비상이란다

아직 기댈 데가 많은
기름 내 나는 마굿간에
링거 주사 좀 놓아 주어야지

사무실 전광 / 신진기

하얀 외벽
말끔한 석고판
광활한 공간 저편에

까만 하늘이
실내 조명 받아
널뛰는 심장이
가슴 깊이 새겨진
얼굴을 새긴다

언젠가 한 번은 마주할 일
두근대는 심장에
강철 보호막이 필요하다

정원;GARDEN / 신진기

새까만 아스팔트에 그려진
소방도로 그림
흰 주차선이
한산한 아파트
그늘진 공간을 만든다

조경수는
겨울의 여백을
여실히 보여주고

빨간 보도블록
정갈하기 그지없다

키 낮은 관목이
현관 입구에
앉은 사이
스텐 운동 구조물
공간에 균형이 생긴다

2. 시간을 그리다

서재에서 살아남기(D-1) / 신진기

내일 하루
온전히 글쓰기

소문난 잔치에
별루 맛난 게 없어요

다작이라
알맹이는
기대치 마시길

다만
오시는 발걸음
무료치 않으시길
바라봅니다

별로의 길 / 신진기

05:53

새벽에
가라앉은 공기가
차다

내게
생명 주신
그에게로 가는 중

흐느끼는
그의 빗물에
걸음을 재촉한다

온전한 하루
살아내기 위해
연거푸 심호흡 내쉬는

별로의 길
나는 간다

힙 한모금 / 신진기

07:19

파견 후
장이야 멍이야
겨루는 시간

포슬포슬 내리는 비가
거세질 것 같아
걸음을 빨리한다

한가한 노점 앞
어닝과의 극명한 경계
그것을 뚫고서

시나브로
소파에 먹이는
힙 한모금
수건에 훔치이는
땀방울

TV를 켠다
07:40

아침 식사 / 신진기

07:46

120엠엘(ml)
시서스 한 모금
새로운 시작

맥주캔과 귤껍질
어제의 흔적을 지우고
햇반을 데우는 중
보글보글 된장찌개
비타민 보충 한 접시

어쩌다 보니
브이로그처럼 돼 버린
아침 식사

땡그랑 수저 소리
귓가에 영롱히
울린다

07:58

밥 좀 먹자 / 신진기

08:03

아! 놔~
진짜 미쳤나 봐

밥 먹는데
자꾸 생각나

두부를 잔뜩 넣은
된장찌개는
간간한 듯 담백해서
풍족해 보이고

자연 그대로인
파프리카 샐러드
소스 무첨가로
상큼함 한 방울

콩장을 얹은
밥 한 숟갈
풍미가 가득해진다

아!
밥 좀 먹자구;;

08:09

달달 타임 / 신진기

08:30

탄단지가 조화로웠던
식사를 물리치고

어느새 루틴처럼 돼 버린
디저트 타임

와이프 찬스로
안물패스인 커피 캡슐
(; 안 물어보고 검열 패스)
주전부리는 로투스 3잎

준비는 끝났다
담탐 후 계속합니다

08:41

오프 티탐(Get off tea time) / 신진기

08:44

무료한 휴일

후두둑 떨어지는 빗소리에
우두커니 서서
연기만 내보낸다

휴식 중에
톡 쏘는
탄산수 같은 시간

헐거운 천 조각
벗어 던지고
이질적인 음악에
늘어진 고기 한 점

섹시한 온에어
마굿간 쇼 중
나만의 티타임
좋아

08:57

청소 시간 / 신진기

09:24

주섬주섬
주변을 어슬렁거리며
물건들을 이리저리
옮겨 다니고 있다

게으른 휴일 아침
온전히 누리기 위해
맘 편히 나를 내려놓으려는
속셈이지

09:28(= 청소 중 =)10:23

무선 청소기와
선이 긴 스팀 물걸레
청소 시간을 줄이는
그야말로 핫템이다

한차례
쓰담을 종료합니다
10:34

빨래 포갬 / 신진기

10:34 눈 앞엔

지난주에 겟(Get)한
전리품이

1차 화학 처리 후
2차 물리적 변화가
지금 막 시작하려 합니다

10:39 (빨래 개기 중) 10:55

하나하나
무심히
가지런해진
군수품은

드디어
적절한 전장으로
팔려 나갔다

11:00

이제, 점심 / 신진기

(먹어야지?)

11:07
면 삶자

역시
빠른 일 처리를 위해
양은 냄비에 물 500 이상을 받아서
가스렌지에 올리고 물이 끓는 동안
소면을 500원 동전 크기로 두 무대
면을 건져낼 채 하나 옆에 두고
한소끔 기다리는 중 11:15

물이 끓자 소면을 넣고
다시 한소끔 끓으면 면을 건져서
체에 받치고 찬물에 담가
빨래를 하듯 빡빡 문질러
전분을 제거한다

그 후,
소면의 물기를 꼭 짤아내고
빈 용기에 담는다

고명은
엄마의 손맛

11:35 ;오이미역냉국에서 건진
오이와 냉국물 3큰술,
오늘을 위해 남겨둔
꼬막무침 위에
비빔장은 크게 두 바퀴

갑자기 염분이 걱정되어
급하게 닦은 팬에 기름을 두르고
반숙 후라이 두 알을 덮는다

사이드는
콩잎과 함께
비트가 들어 있어
색이 예쁜 물김치

11:47
면 불겠다
이따 또 봐요

식사 후에 / 신진기

12:25

네, 장군!
사령관님,
완벽히 점심식사를 마쳤습니다.
Yes, sir!
Comand,
I've Lunched Completely.

저는
벌써
물을 좀
마셨다구요.
I
Already
Have drunk
Some water.

이제
우린 협의가 필요해요,
설거지를 언제 할지에 대해
Now,
We need to discuss
About when I 설거지..

아! 잠깐만요!
먼저
화학 용액을
방류해야 해요.
Oh! Wait!
It's the first,
I have to launch
Chemical Solution.

좋아요!
답을 구할
시간이에요.
OK!
It's time
To get an answer,

디저트를 좀 먹은 후에,
같이 드실래요?
빵과 우유가 좀 있어요.
After
Having some dessert.
Would like to try join?
Some bread and milk, prepared.

12:52
(-먹는 중-)
(-eating-)
13:01

다 먹었어요.
설거지 할 거예요.
I've done
Eating,
I have to launched
설거지.

잠시만요.
See you a few.
13:12
(설거지 중)
13:23
설거지, Completed.
설거지 끝.

담탐(Smoking Break) / 신진기

13:28

이제
휴일의
물리적인 시간은 끝났다

게임 처리 후
영적 영접이
있을 예정입니다.

약 1시간 후에
만나요.

13:38

인생이 예술 / 신진기

16:52

일을 멈추니
생각도 멈춰졌다
역시 움직일 때
답이 생긴다

결론이 나자
목표가 생긴다

결국
이대로
브이로그로
정리는 되겠지만

인생이
예술 아니겠는가

17:06

파스타와 맥주 / 신진기

17:13

휴일의 루틴이 완성되고
무료해진 몸을 일으켜
창이 널찍한 식탁에서
파스타를 주문하고
창밖을 본다

까만색 아스팔트에
알록달록 도료로 그린
도시의 도표가 깔끔한
풍경은 마음에 안식을 준다

17:28

관성의 법칙 / 신진기

17:46

나는 언제나
이야기의 시작에서
헤매기 일쑤다

지금도
새로운 자극을
받으려고

빌딩 사이로 보이는
흑백의 그라데이션
하늘을 올려다본다

그러다 포석이 잡히면
그때는 내 세상이 된다

잠깐의 담탐 후
비처럼 쏟아지는
땀을 닦으면서도

그래도 식지 않는
열을 식히려고
선풍기를 켜는 중에도

행마가 멈추지 않는다

적지 않은 빈도로
자충으로 치달릴 때도 있지만
한번 풀린 고삐는
쉽게 잡히지 않는다

게다가
관성으로 달리는 마성은
마찰이 없으면
끝까지 간다

그나마 호흡에 한계가 있어
끝이 존재한다는 사실이
나를 숨쉬게 한다

18:24

쾌락의 저주 / 신진기

18:30

우리나라는
예로부터
향약과 성리학을 바탕으로 한
유교적 윤리에 의해
본능적인 자극을
외면해 왔다

하지만
생물학적 본능은
수면 위에서만
영롱하고 고요할 뿐
야시장의 밤은
언제나 호화로웠다

사실
번식을 위한
서로 간의 배려는
동식물의 메커니즘에서는
매우 자연스러운 것이다

다만,
종의 풍요로운 번식을 위해
배우자를 외압으로부터
보호하려는 욕심은
인간에게 권력을 갖게 했고

그 권력에 대항하려고
정치와 경제 등, 학문과
전쟁과 결투 등, 무력이
발달하게 되었다

하지만 빛이 강할수록
그림자는 더 어두운 법

우리는 좀 더
부드러운 표현을
서로에게서 배우려는 노력이
필요할 것 같아요

(고증을 피하려고
두루뭉술하게 돌려썼더니
수필처럼 돼버렸네요. 아쉽네요.)
19:04

여기까지 / 신진기

19:25

호기심으로 기획한
서재에서 살아남기

멈출 수 있을 때
멈추는 것이
초심을 지키는 것

선배님의 말씀을
새겨듣고
이쯤에서 마무리하겠습니다

이상, 원맨쇼
서재에서 살아남기
부재; 나 지금 혼자다

끝!
It's over.

〈참! 내일
서재에서 살아남기(epilog)가
있을 예정입니다.
여기까지 함께 해주시면
감사하겠습니다.〉

그리고,

지금까지 함께 해주신 분들께
진심으로 감사드립니다.
저의 창작 생활은 앞으로도 계속될 것입니다.
이 글을 끝까지 읽어 주신 모든 분들
가내 축복과 평화가 늘 함께하시길 기도합니다.
감사합니다.

이상입니다.
19:36

서재에서 살아남기(epilog) / 신진기

나에게

시는
메모이고
수필이며
일기일 수도
편지 혹은 메신저,
곧 대화이다

냉전 시대가 지나고
일관된 목표를 위해
으샤으샤 집단 노동과
니 맘 내 맘 공동 이념은

이윽고 기초가 단단해
건물을 올리기에
적당하다

커몬 모랄(common moral)
김맨 땅에
우후죽순
건물이 오른다

몽글몽글
피어나는 줏대에
요철凹凸을 맞추려면
적절한 운동이 필요하고

변곡점이 많은 미래에
물결을 타려면
이정표를 달아도 좋겠다

PS.
요즘 연예인이나
인플루언서는
그들이 사는 일상 자체가
콘텐츠가 되는데

내 인생도
이 자체로
예술이 될 수 있다

셀럽이 되고픈
아빠의 슬로건
나 지금 혼자다

나 혼자 기획한
[서재에서 살아남기]
여기에서 최종 마감합니다.

트래킹하기 좋은 날 / 신진기

14:12
까치
헬로우~

새빨간 나뭇잎과
짙푸른 나뭇잎

하하호호
족구가 한창

청량한 하늘에
솜털 같은 구름
마치 바보네모로봇
늘 무표정이던 그림

지금 시간
14:21
나는 지금
어디로 가는 걸까

하늘에 가려진 그늘 없이
붉푸른 가로수 길을
마냥 정처 없이 간다

* 붉푸른 : 여름에서 가을로 넘어가는 시기.
붉은 잎과 푸른 잎이 한데 어우러진 모양

순간 반짝이는
단어, 하나둘
꺼내어 놓는다

이런 쨍쨍하고
화창한 날씨에
가만히 자리만 차지하는 건
죄악일지니

어디에 닿을지 모르는 이 길을
나는 걷고 있다

(그렇게
한참을 걸은 뒤)

여기는
검소한 걸까
가난한 걸까
잎도 나무도
앙상히 소중한 것들을
감사히 쥐고 있다

드디어
내가 건너온
다리 밑에 다다랐지만

여전히
손이 닿기엔
아득하기만 하다

다만,
멀리서 지켜보기만 하던 게
실제로 틀 밖으로 바라보니
잠시 멈춘 두 발
드디어 반환점이다
제4주차장

14:47 반환점을 돌아
출발점으로 가려는데
여기서부터 숨이 턱!
땀이 삐질삐질
이제부터 시작이다
하루의 거친 숨소리
거침없이 메다 꽂히는
햇살 가득한 이 거리에

내 살에
양분이 되는
안전속도 20

지금 시간은
14:51
도대체 목적지는
얼마나 더 가야 하는 걸까

침묵의 한참이 지나고
두둥! 다 왔다!!

도착시간은
15:09

한 시간 걸었네

트래킹 두 번째 코스 / 신진기

14:40
날 향해 쏘는
해를 보며 걷다

예쁘게 쓸어 놓은
낙엽 카펫 거리

이 동네 미화부는
미술작가인가
고구마 케익스런
두터운 양털이불 거리

차마 밟지 못하는
그라데이션 하늘 아래
부끄러이 맨살 드러낸
지난날 뜨거웠던 흔적

그나저나
참 곱다

하늘 그라데이션 / 신진기

밖에서 볼 때
유리구슬 같다던
지구처럼

지구에서
올려다보는 우주도
하늘색 그라데이션

여태 파티 중인
단풍도
삿갓 쓴 정자 선비도

여기저기서
고개 쳐든
태양광 업은 가로수마저
함께 어우러져

한 폭의 그림 같구나!

돌아가는 길 / 신진기

지금은
15:03
까마귀 소리
까 까 까

귓가를 스치는
기타 소리가
청량하고도
아련하다

아까
휴게소를
들렀다 올걸 그랬나 봐

뱃살 먹은
양다리 사이
꺼억 더운 숨 토한다

오늘은 여기서 돌아가자

붉은 트랙과
연녹색 잔디 공원
이제 가자 15:17

다시는
내 발에
내가 걸리지 말기

트래킹 세 번째 코스 ; 아궁이 / 신진기

눈앞에
놓인
빨간 벽돌 길을
걸어라

눈부신
해가
핑크빛
늘어진 그림자 따라

낙엽은
이제
잔디밭 곳곳을
즐비하게 채색하고

이맘때면
침이 고이던
아궁이 냄새
이제나 만날 수 있을까

3. 나를 그리다

귀 빠진 날(탄신일) / 신진기

때는
일구팔공 년.

세상이 혼란한 틈을 타
전노한 군사들이
봉기할 무렵

달구벌 대리묵 고을에
바람이 스산히 불더니
한 줄기 광선 하나가
한옥 처마 아래로 돌진하더니
가옥 전체에 붉은 기운이
감싸 줘더니
이내 곧 고요했다.

고요한 툇마루
적막이 앞마당과 공기를
가득 메우던 그때,

미세하게 울리는 소리는
갓난아이의 그것이었다.

소영감 / 신진기

어린 시절 밭일을 마치고 온 소영감에게 볏집 한 움큼을 건넸다. 소영감은 킁킁거리더니 이내 혀로 볏짚을 감아 먹었다. 우연히 그것을 본 상할배는 깜짝 놀라 아이를 불렀다. “소바우야!” 소바우는 아이가 네 살 때 개 짖는 소리에 놀라 도망쳤던 소 치는 언덕이다. “예~” 아이는 말뿐이다. “위험해!” 상할배는 애가 탄다. “괜찮아요” 아이가 대꾸한다. “나중에 소죽을 안 먹어!” “재밌고 신기해요.” 아이는 신이나 있다. “어른 말 들어야지?” 아이를 다그친다. 아이는 기가 죽어 “나는 괜찮은 것 같은데…….” 아이는 이내 어른들에 의해 재미있는 놀이를 저지당해서 기분이 상했다.

환골탈태 / 신진기

법사가
사내의 관자놀이를
압박할 때,

머리에 극심한
통증을 느낀
원숭이는

도술과 괴력으로
벗어나려 하지만

달아난 곳은
언제나 영롱한
지문 언저리

제힘으로
어찌할 수 없는 고통에
분노와 좌절이 교차되다가

마침내
극에 달한 고통에
분을 이기기 못하고
생을 마감하려

자신의 모든 공력을
옥죄던 오라에
밀어 넣었다

그러자

원숭이에게
고통만 주던 오라에
빛이 생기면서
주변 공기가

그를 감싸면서
몸 안의 장기와 기운들이
한차례 휘몰아
분골쇄신 고통에
몸부림치더니

수 분 후,
깊은 잠에 빠졌다.

모험심 강한 아이 / 신진기

한차례 폭풍우가
지나간 뒤 마을은
나뭇잎 비치는 냇물과
이팝나무 스치듯 바람

평화로웠다

논에는
초록색 어린 모가
새근히 잠들었고

밭에는 금싸라기
달콤한 꿀벌 냄새가
노랗게 쌓인
과실이 영글었다

걸음걸이가 시작된
배불뚝이 아기는
모험을 좋아했다

막내아들 장가가던 날
분주한 어른들 틈으로
고무신 코에 시선이 뺏긴 채
아이는 걸림 없이
램프 골목을 빠져나갔다

고무신에 정신이 팔린
아이의 귀에
"고모집에 간다
누나들 소리가 들렸다

눈을 들어 주위를 보니
아무도 없었다

아이는 고모집을 기억했다

한걸음 한걸음
기억을 더듬어
한참을 걸어가던 아이는

동네 개 짖는 소리에
소스라치게 놀라
뒤돌아 달렸다

뛰다가 지쳐 숨을 고르는데
또 다른 개가 짖었다
다시 앞을 향해 뛰었다

급기야
발이 패이는 늪으로
아이는 빠져들고 있었다.

달빛에 그림자밟기 / 신진기

아이가 눈을 떴을 때,

진흙 바닥은
부드러운 풀밭이 되었고
뺨으로 느껴지는 거친 손

이마로 지그시 눌렀다
이내 쓰다듬으며 체온을 재며
아프지 않냐 나지막한
낯선 할아버지의 음성

그리고 곧,
주변은 어수선해졌다
아이 찾는 부모와
그 무리가 몰려온 탓이다

부모는
할아버지께 조아리고
아이에게 다그쳤다
온 동네를 너 때메
밭갈이처럼 뒤졌다고,

그날 저녁,

아이는
가을 만월이
거무스름한 수염 뒤에서
농염할 때

땅거미 뉘엿뉘엿
달빛과
처마 밑 노란 백열등
그리고 코에 몽글몽글
밥냄새 흥건한 채,

누나들과 함께한
그림자밟기
차암 즐거웠단다

주적은 골목에서 서식 중 / 신진기

수년 후,

지능계발 오락실에서
방과 후 수업에 열중하다
학원을 빼먹던 코찔찔이가

어느새 6학년이 되어
숙제 안 하는 중학생 누나와
어깨를 나란히 하려

부푼 가슴으로
밀린 숙제에
턱 괴며 공자님과 면담하던 어느 날

금싸라기 씻으러 들어간 시골 하우스에서
꿀내 가득한 땡볕 아래서 사진 찍으며
어린 나를 괴롭히던 백구 두 마리

원수는 바야흐로
사춘기 앞에 있었다

백구 두 마리 / 신진기

백구는
두 마리다

하나는 목띠만
다른 하나는 목줄로
청마루에 묶였다

목띠 녀석은 자유로워서
몸통이 늘씬해졌고
목줄 녀석은 운동을 안 해
퉁퉁이가 되었다

아무튼
잘생긴 두 녀석은
청소년기에 접어든 소년에게

단단한 마음과 함께
제법 커져 버린 키와 순발력
아이는 바야흐로
성장하고 있었다

스승의 날 / 신진기

어제는 스승의 날이었다

방송에서는 스승의 날을 맞아
선생님을 떠올리거나 찾아보는
미션을 보며 나도 생각에 잠겼다

내게도 스승이 있는가
내게는 아버지가 스승이었던 것 같다
학교에서는 선생님이고
집에서는 장남이시었으니까

아버지는 내게 큰 사랑을 주셨다

6남매의 장남이신 아버지는
집안의 큰 어른이셔야만 했다
시골 농사일이며 집안의 큰일이며
앞장서서 관심 두지 않는 일이 없었다

집안의 대소사를 관장하시면서
나에게는 지혜와 자유를 주셨고
온 집안의 장손에 대한 기대는
나에게 에너지가 되었고
그 에너지는 스스로 깨닫는 힘이 되었다

자기애는 나의 사춘기를 외롭게 했다
공부 잘하는 누나를 본받아
열심히 공부하는 척을 했고
학교 주변에 널려진 시회악은
백지였던 나에게 빠르게 흡수되었다

청춘을 갉아 먹는 줄도 모른 채
나의 사춘기는 오락실과 학원가 빈 교실에서
돈과 시간을 열심히 탕진했다.

감은 눈이 움찔움찔 / 신진기

깜깜한 화면에
은빛 광선 하나가 깜짝하더니

타원형으로 열리는 세상
재잘대는 아기 동물들

정신이 든 원숭이
평소보다 기분이 가뿐하고
머리도 맑았다

고통만 주던 금속 머리띠는
이미 흔적도 없었다

만나는 동물마다 한마디씩 던졌다
지난밤 세상을 울린 진동을
너는 느꼈었냐고

물론 내겐 아무런 흔적이 없었고
오히려 개운히 잘 잔 듯하다고
호들갑스런 아이들을 진정시켰다

다만, 변한 것이 있다면

전보다 말이 많아지고
세상이 훨씬 아름답게 보였다
매일 세상을 투덜대던 녀석이
사람 말을 귀담아들을 정도로 말이다

그리고 논리적이라 스스로도 놀라고 있었다

막내 이모 결혼식 / 신진기

호화로운 호텔은 난생처음이다
멋진 샹들리에와 반짝이는 조각들

어른들의 수트 차림은 멋들어졌고
아이들은 제복같이 자주색 한복을 입은 것이
꼭 큰 잔칫날인 듯하다

여전히 호기심 많은 아이는
궁전예식장의 여기저기를
모험하듯 기웃거리며 다닌다

얼마쯤 갔을까 낯선 광경이 계속되자
아이는 낯익은 그림을 찾아 나선다

메이컵방, 대기실, 주방
예식장의 곳곳을 엄마를 부르며 다니다
결국 마른 울음으로 주위의 시선 끌기 성공
미용사 한 분이 안내방송로 인도하사

아이에겐 또 하나의 흑역사가 그렇게 탄생한다

병원 바닥 스케이트 / 신진기

집에 어른 하나가 아프셔서
집 근처 대학병원에 갔을 때 일이다

아이는 미끌미끌한 대리석 바닥이 재미있었는지
탄력 좋은 운동화로 스케이트 놀이를 하다가
중심을 잃고 넘어졌다
아이는 엄마에게 혼이 날까
또래에게 놀림을 받을까 걱정이 됐는 듯
벌떡 일어나서 얌전히 있었다

황도 한 캔을 뿌시고 집에 돌아와
졸린 듯 베개를 찾아 누워서 듣는
어른들의 소소한 대화가 재미있었다

어른들이 가신다는 말에
인사하려고 일어서는데
아이는 구토를 하고 쓰러졌다
눈을 뜨고는 자기가 침대에서
잤다고 뛸 듯이 기뻐했다

그 후에 들은 건
뇌진탕이라는 소견과
천만다행이라는 수군거림

티오비이
컨티뉴드

로맨스가 필요해 / 신진기

플랫폼을 지나는
수많은 페로몬에
흡연구역을 찾는 발걸음이
괴상하다

일면식도 없는
여인의 머릿결 향기에
아랫도리는 끄떡도 안 하고
무릎에 긴장감만 뻐근하다

그린라이트가 켜진 횡단보도
느려지는 샴푸 향에
차마 앞서지 못하고
엉거주춤 따라가는 꼴이라니

결국
기운이 무력해져
새로운 시작의 발목
지키려고

자신의 변화에
당근을 먹이려고
샌드위치 찾아
플랫폼을 누빈다

열차 여행 / 신진기

공교롭게도
워너비에 꼭 맞춘 듯

시작과 기다림이
마참맞은 선로 위를 달린다

깜깜한 땅굴을
달리는 고속열차도
하얀 구름 낀 하늘
언젠가 곧장 가야지

깨토핑 / 신진기

김밥은
저렴한 가격에

라면과 함께 곁들일 때
분식 겸 식사로도
금상첨화다

기름 발라
번들거리는 김밥엔
깨로 토핑해야
비주얼이 산다나 뭐라나

일상에서의 글제 / 신진기

산업전선에서 녹을 먹은 지가
올해로 이팔청춘이오

나름 무패와 신용을 업고
문무 어디에서나
본분을 지키며 살았으나

급변하는 우리 사회에
로또는 과욕이라 외면한 채
상부상조의 마음으로
욕심 없이 지났소만

우연한 기회가 연이 닿아
문인들 세계에
뒤꿈치 들이고 나니

서재에 성씨만 스물하나
시루에 콩나물만큼 많은 이들과 견주어
양이라도 채우려면
사랑에 앉아 공자만 찾아서는
도무지 좇을 수도 없는 터라

글제는 눈앞에서
달리는 차 창에서
찾게 되더이다

그렇게
휴게소에서
도심의 공원에서
한적한 새벽 졸음쉼터에서

나에게 어울리는
아름다운 말들로
거푸집 콘크리트처럼
메워지더이다

새로운 시작 / 신진기

그렇게 이야기는
일단락되고
또 다른 장이 열린다

기분이 좋아
세차를 하고
염색을 하고
예술가와 담화도 나누었다

기분 좋은 스트레스가
현실적인 만족이 되어
급하게 발사되기를 바랐지만
현실은 나를 말렸다

아쉬운 마음
소삼겹 마늘 파스타로
달랠 수는 있지만

아직 머리가
왔다가 갔다가
요동을 친다

언젠가
복숭아 언덕에서
함뿍 적시기를
무심히 흘려보낸다

준비운동 / 신진기

이제 다시
마라톤의
총성이 울릴 테다

두근거리는 가슴을 쥐고
달리든 뛰든
걷든지 미끄러지든
잠시 쉬었다 가더라도

끊임없이
전진해야 한다
병은 전진할수록
힘이 세지니까

첫수를 올바르게
상 자리 잘 피해서
졸 하나 삼선까지
완급 조절은 필수

훈수 보는 사람 많으니까
구령에 맞춰 발포!

다이어트 선언 / 신진기

글쎄

일단
질러 놓기는 했는데
이토록
흔들리는 머리로
계획이나 짤 수 있을는지

숟가락 놓으면
배 깔고 오늘을 정리하기 바쁜데
내일 먹을 식단과 운동
잘 지킬 수 있을까

단언과 실패가 거듭될수록
스스로 자연에 맡겨진다

벌써부터
손으로 쓸어 올리는 머리가
지끈지끈 도발한다

여보야, 아이야
나 좀 도와줘

라면 한 그릇 / 신진기

찬 바람이 불면
따끈한 어묵 한 그릇
하고 가자

없는 듯 자유로운
평화를 누려
새초롬한 단무지
한입에 털어먹고

빈 그릇을
남겨 두고
홀연히 나가자

고춧가루가 덕지덕지
묻은 단무지와
짠지를 뒤집어쓴
배추절임

땀방울에
흠뻑 젖기 전에
알큰한 국물
호호 식혀
홀연히 훔치자

키 작은 면발에
달려오는 가래떡 고명
감칠맛이 좋기도 하다

버스킹 / 신진기

음악은
흐르는 것을
멈춘다

텅 빈
무대와 객석

발걸음을
멈추는
기타와 박수

클럽의 시끄러움
아득한 무대 뒤에서
조용히 새긴다

먼지 앉은 객석
뭉툭한 저가 폰
그리고 그리는 손가락
지금 바라는 것

변화 / 신진기

귀가 닫혔다
머릿속이
전자구름으로
가득 찬 까닭에

구름 속 아이는
해의 솟음과
늘어지는 그림자
곧 제로썸이 된 권력
안정된 공기압 안에서
성장이 완만하다

어쩌면
제자리서 한 바퀴 도는
별 하나와
빛을 끼고 크게 그리는 별은

멈춰진 듯한
아이의 성장에
별가루가 산란하다

전자구름(1) / 신진기

2023.6.17. 土

평소에 비해 이르게 마친 업무와
훨씬 밝아진 주차장 분위기에 기분이 맑아짐과
동시에 오는 내내 의심스러운 생각과 불안한 마음에 끼어
든 머릿속 전자구름에 앞선 교통체증에
두려움을 느끼고 서둘러 자세를 가다듬고
내비와 지시판에 순응하며 부드러운 진행에
몸 전체의 세포들을 달래야 했다.

한적한 주차장에 사이드를 걸고
지금 글을 쓰는 이 순간에도
서로 등장하려는 단어들의 으르렁거리는 중에도
조금이라도 세상에 털어놓을 수 있는 논리에
부합하도록 또한 전자구름 속에서 빼꼼거리며
나서려는 단어들을 달래며
짜임새 있는 글을 쓰려고 저와 닮은꼴 담배를 물고서
아 등단하길 잘했다고 생각하며
지금 이 글을 쓰고 있다.

여기까지 어느 정도 짜임새를 갖추고 나니
이제는 아까 무슨 생각을 했더라?
밀려난 단어들을 다시 불러 모으고 있다.
한차례 비어진 머릿속을 빙그르 돌리고 나니
날은 어둑해지고 있다.

나에겐 시의 메커니즘(어느 정도 시적 허용으로
넘길 수 있는 융통성)은 교양수업 후 시험지 한 장
덜렁 던져주고 아는 대로 쓰라는 것처럼 자유로워서
어느 물리학자가 설명했던 양자역학처럼
모호한 전자구름 속에서 회로 찾기가 어려운
내 머릿속을 설명하기에 매우 적합한 콘텐츠이겠다.

분명 아까는 성직자와 고민 상담, 장기와
상象길찾기, 자조적인 개인 생활과 우호적이나
소비적이지 않고 방어적이나 독단적이지 않는
사회생활 사이의 괴리 등에 대한 생각 등
이제서야 짜맞춰진 글감을 지금 모두 쓰려 하면
집에 못 갈 수도 있을 것 같아서
오늘은 이쯤에서 프롤로그를 마치고
추후에 좀 더 여유 있는 시간을 노려야 할 것 같다.

동네 탐험 / 신진기

어제 준비하고
오늘 세배하고
차례상도 물리고
아이들과 동네 탐험
Let's Go!

시소를 지나
정글짐에 다람쥐통
웅크리고 두다다다
아빠는 무료했는지
아이스크림 먹자고 꼬신다

아파트 북문을 지나다
풋살 트랙 두 바퀴
아빠는 숨겨진 길을 발견
아이스크림 찾아 출발!

빨간 블록 언덕 따라
내렸다가 다시 저 너머
자동차 서식지 도달하면
양손 가득 아들딸 쥐고
모험이 즐겁다

쫀꾸레 딸바봉 아몬드
취향대로
숟가락을 모았다가
발검술도 제각각

검풍 휘몰아치고
송해공원 토마토 축제 문화재 그림
벽화 따라 문화 체험
길 따라 횡단보도
손 들고 건너요

아파트 진입 시
중앙 정원으로 통하는 포탈
지압 판에서 술래잡기
아빠 따라 집향길 엘베동굴
마침내 도리릭
반가운 엄마 얼굴

다 같이 손 씻고
외투 벗고
각자 놀이감 찾아 고고씽

엄마 다녀오세요

동네 탐험 잘했네

글쓰는 자세 / 신진기

쿠션 좋은 의자
무릎을 곧게 펴고
테이블엔 팔꿈치

포석이 잡히면
허리를 곧추세우고
한차례 머리를 빙글 돌린다

다시 낮아진 자세는
무릎을 세워
머리를 높게 한다

커서에서 더듬이는 손가락이
리드미컬하게 자판에서 춤을 추고

농염한 어깨로 중심을 잡고
단단한 허리
단수를 친다

새봄 / 신진기

너그럽던 겨울은 이제
나흐르는 봄바람에
사치스런 네 사랑에
랑창하던 내 마음에
해맑은 새롬은 피어납니다

사랑의 미로 / 신진기

사랑하고 싶다
랑데부, 보지 못해 안타까운 사랑
의붓 나를 설레게 하는 사랑

미치도록 사랑하고 싶다
로맨스, 사랑한다 나를 집어삼켜도 아깝잖을

그런 사랑이 설렌다

삼행시 / 신진기

삼행시 덕분에 내 글자들을 토해 낸다
행적이 뜸한 노트에는 잉크 방울 묻어나잖고
시를 쓰는 이의 설움을 삼행시에 토해 낸다

데이트 / 신진기

데인 상처 너의 입술을 맞출 때면
이만큼 맑은 너의 눈빛을 마주할 때면
트로트가 좋다며 웃음 짓는 널 볼 때면

데낄라 한 잔에 소금을 찧어 넣듯
이모션 부푸는 나의 가슴을 두드리듯
트인 마음을 나에게 보여 줄래?

유월은 호국 보훈의 달 / 신진기

유월 즈음 납소리 포성에 피 묻은 새 한 마리
월야 밝은 자정 녘에 붉으는 나뭇잎 피리
은빛 날개에 붉게 물든 금속성聲은

호국을 닮았다
국토를 갈라 니 땅, 내 땅 땅따먹기,
/반세기가 넘도록 울었으리

보답은 태극전사와 붉은 악마의 몫이다
훈훈한 한민족의 염원을
의로운 형제들이여

달뜨는 유월 독일서 축포하자,
/순국선열이 지하에서 웃으리니

살만한 세상 / 신진기

공허한 이슬방울 넌지시 적셔올 때
허깨비는 빤히 쳐다만 보았다

한마디 말도 없이 시선 닿는 곳만 보았다
이제 다시 놀라운 시선이 차갑다

세꼬시 나모도 찬 서리마냥
상스러운 빛처럼 잔상이 남아
도로묵이 도로되듯

살맛 나는 세상이어요
맛 좋은 된장찌개 뚝배기 한껏
나눠 드십시다 까마득한
은하수 돌아 돌아 빛나는

새 아침에 정단 노래는
상쾌한 따스함 내리쬐다

이 몸에도 빈자리는
어기어차 디어차
지사공이 강물 흘려보내듯
요로코롬 사랑하여도 좋겠소

은연 중 널 만나고 보니 행복을 알았네 / 신진기

은근히 기대어 선 너의 그림자
연(緣)을 그리며 돌아선 너의 뒷모습
중후한 무게를 자랑하며

널 사랑하는 나를 느끼네

만나고 헤어지고 일겁(壹劫)번 반복해도
나를 기다리는 너는 어디 있느냐
고독한 겨울은 무심히 차가워지는데

보신각 울릴 때에도 너는 없더라
니코틴 한 방울 기도에서 날릴 때

행적도 없이 넌 홀연히 사라지는구나
복스런 아이야 어서 나타나렴
을유년 새해에 가슴을 설레던 때에

알(我)로금 너를 그렇게 기다리게 했느냐
아! 쓰라린 고통도 이제는 그만하자
네가 올 날을 오늘도 찬 바람 부는 기차역에서 마냥
기다리는구나

자기야 / 신진기

part1.

자연다운 몸짓은 나에게는 파랑이오
기여운 손가락은 하트를 그립니다
야릇한 감정인 것은 그대로운 따뜻함

자고로 사랑이란 슬픔을 나누는 것
기쁜 맘을 보이는 것 몸짓을 기대는 것
야심한 기차 가는 때 철길 따라가는 것

자기야, 함께 가자! 저 빛나는 물 드는 곳
기우는 놀 노을은 그러안은 너와 나
야무진 붉어 빛나는 그렇게도 그렇게

part2.

자유로이 날으는 저 갈매기 군중에로 날갯짓
기운찬 새해 맞아 군계일학 날으는데
야한 밤 긁적여 보는 한적스런 오늘은

자애롭다 발밑에 자욱이 차오르는
기룩이는 갈매기 부서지는 파돗포泡
야호 부르는 휘파람 소리 까치 우는 복스런 소리

epilogue

자꾸만 떠오르는 차디찬 밤바람은
기어이 날아와서 내 뺨을 치고지고
야~ 이거 과유불급이 두려운 하루

나의 아저씨 시작 / 신진기

무성한 술년 봄
심장을 두드리는
장면 스치는 동안

쏟아지는 낱말에
까마득한 밤
창문 밖 고요한 바람

좋은 날
달리려던
일찍 커버린 아이

누린내 하이에나와
두 바위 무소 떼와
미세먼지

나의 아저씨 끝 / 신진기

드라마가 끝났다
진실을 담은 필름
아저씨의 유일한 취미는
조기축구회와 술

기승전결이 무색하게
마을 사람의 온기가 느껴지는
보는 내내 나의 과거와 현재에
외면해 왔던 가족과 동네

아스팔트와 고층 건물에
묻혀 버리고 포장된 사람내
드라마는 해피엔딩이지만
내가 사는 지구는 돈다

관객의 눈물을 받으려
생활의 온기는 빨려드는 듯

감성을 앗는 이도
자본주의에 뼈저리는 것도
쓰레기통에 쑤셔 넣고 싶은 것도
가족이라더라

가슴 속 오열을
넓은 집 티비 보다가
터뜨리는 것도 역시

* 방영: tvN 16부작 3/21(수)부터
* 출연: 이선균(박동훈), 이지은(이지안) 등

나의 시인님 / 신진기

까마득한 기억이
바람이던 날

무심코 시인을
떠올렸다

총칼이 심장에 박히고
국부가 짓이길 때에도

시인은 큰 세계로
달아났어야 했던가

다담 방에서
소리 없이 외치던 절규는
여위어만 가더이까

평탄만 하던 아이야, 너는
언제까지 꿈에 허덕이려노

* '동주' : 2016년 방영
* 출연: 강하늘(윤동주 역), 박정민(송몽규 역)

사마라 / 신진기

엄마,
여긴 너무 추워요

나와 함께 있어 주세요

머리는 그리운 만큼
자라나서

캄캄한 밤하늘에
벽은 딱딱하고 차가워요

나는 살아있는 아이가 좋아요
엄마가 사랑하시잖아요
날 엄마 곁에 두세요
차가운 물은 무섭잖아요

엄마,
제발 내 곁에서
떠나지 말아 주세요

그리고 엄마의 아들이 되어 주세요

내가 살고 있는 어둠은
추워요

날 따뜻이 안아주세요
레이첼

* 영화: 링 2002(미국판)
* 감독: 고어 버빈스키
* 주연: 나오미 왓츠(레이첼 役), 마틴 헨더슨(노아 役)

달리기 / 신진기

달렸다

제삿날
어김없이 냄비 들고 뛰던 소년

마흔에
여덟 살 웃음과
예순을 알던 소년

일기예보보다
관찰력이 좋은 소년

어머니께 고기 드리려던 소년

하얀 눈처럼
예쁘게 웃던 아이의 웃음은
오로지 달리기였다

* 영화 : 맨발의 기봉이 (2006년 개봉)
* 출연 : 신현준(기봉 役), 김수미(기봉 모 役) 등
* 감독 : 권수경 감독

설렁탕 (feat. 김첨지) / 신진기

야! 이 오라질 년
왜 먹지를 못하는 게냐

하루 종일 다리품 팔아
네년 먹일 설렁탕 한 그릇
따끈히 말이오니

왜 나를 보지 못하니

네 서방은
오늘 빗길 질척이는 데를
서방 남방 뛰어다녀
일 원 한 닢
십전 열세 닢

운수 좋은 날이 기분이 좋아
탁배기 한 사발 쑤셔 넣었다고
똥오줌 질척이는 데서
빈 젓 빠는 울음 속에서

너는 왜 차갑느냐
먹지를 못하느냐

젠장할
괜시리 운수가 좋더니만

존 스미스 / 신진기

아내는
많은 영혼을 버렸습니다

나도 그랬습니다

아내는
명석하게도 어두웠습니다

나도 그랬습니다

아내는
나를 죽여야만 했습니다

하지만 나는
그녀를 죽일 수 있습니다

그녀 역시 그랬습니다

나에게 아내는
아내에게 나는
소중한 사람이니까요

* 영화 : 미스터 앤 미세스 스미스(2005)
* 주연 : 브래드 피트(존 스미스 役), 안젤리나 졸리(제인 스미스 役) 등
* 감독 : 더그 라이만

친절한 금자씨 / 신진기

13년 전

어두운 방 안을
하얀 겨울로 펄럭였다

소녀의 친절한 눈망울은
벼랑 끝에 서 있기를
눈 오는 겨울처럼 했다

자신의 겨울에 하얀 두부를 찾으려
열세 개의 흰 눈과 봄바람을
금자씨로 살았다

출소를 알리는
빨간 어느 성탄

아스팔트 위에 떨어진 심벌즈
13년 전 시작된 작전은
강아지의 발에 아름다운 총성이 비명했다

빨간 촛불이 번득이는 담배 연기에
눈을 맞고 서 있는 아이를
차가운 유리창만 매만져야 하는 혈흔으로

13년의 작전을 빚으려던 강아지의 심장은
어린아이의 울음을 헤집었지만

끝내
피 묻은 두 손을 씻을
하얀 케익에
머리를 묻었다

초췌한 엄마의 복수는
13년 전 목표하던
눈 쌓인 산을
붉게 물들였건만

결국 영혼은
허리를 끌어안은
맨발의 어린 소녀였다

* 영화 : 친절한 금자씨 (2005년 개봉)
* 출연 : 이영애(금자 役), 최민식(백선생 役) 등
* 감독 : 박찬욱 감독

바이러스 in 학교 (Saying about 지우학) / 신진기

여전히
시작하기는
고개 쳐들고
뜨거운 숨 뱉어내고

호수에 피는
작은 불꽃 같이
이퀄라이저
피어오르는

도대체 어디까지 가는 거야?

공부밖에 모르던 남라 반장은
역동적인 모닥불 교정이
꽤나 즐거웠나 보다

속은 여전히
소년 같아서

분주한 걸음 위에
봉긋하거나 탐스럽거나
교복 입은 모습이
사랑스러운

결국, 이렇게 되는군.
(TT)

창문 너머로
펄럭이는 학창 시절
커텐 비키니
엉덩이를 조였다 푼다

그리다

신진기 시집

2024년 12월 11일 초판 1쇄
2024년 12월 13일 발행
지 은 이 : 신진기
펴 낸 이 : 김락호
디자인 편집 : 이은희
기 획 : 시사랑음악사랑
연 락 처 : 1899-1341
홈페이지 주소 : www.poemmusic.net
E-Mail : poemarts@hanmail.net

정가 : 10,000원
ISBN : 979-11-6284-575-2